句集

だんご虫

森 有子

青磁社

だんご虫＊目次

装幀　濱崎実幸

句集　だんご虫

本集は、現代仮名遣いと歴史的仮名遣いを混在して使っています。

著者

膝小僧

サイダーのこぼれし胸に火を感ず
向日葵が恋愛してるくるりくるり

紫陽花は気が強いとか寄ってみる

表札の少し曲がって昼寝かな

麦こがしあしたはあしたの手のにおい

黒板の夏の深さにチョーク浮く

夏の月岸辺にゆれる棒っきれ

思春期の裏庭に咲くどくだみ草

目ではなく唇見てる金魚草

向日葵や遠くを思う老騎兵

夏空は紙ひこうきの溶けた青
耳たぶに触れて線香花火落つ

炎昼やすれちがいゆく深海魚

ごきぶりの大いに飛びて夕立す

黄みどりのTシャツ翔けて夕立す

同じ日に生まれた人と冷奴

ぬか床を混ぜて八月十五日

秋立つや草に濡れつつ土手をゆく

針金のハンガーに干す星月夜

ハンガーに影法師かけ秋深む

鈴ひとつどこに沈めた秋の海

ハードルにぶつかってゆく運動会

きょうだいは九人末っ子生御魂
しめじ飯炊けて今宵は月夜かな

文化の日砂糖まぶしたパンの耳

たましひは背中にとまる秋の蠅

コスモスの素朴なほどの背の高さ

盆踊り前とうしろは双子かな

椅子ひとつ日を浴びていて秋の地球

天空をチーター駆けて十一月

小春空焼そばパンをほおばって
粕汁や赤子のような欠伸出て

手のひらに小さな鏡冬木立

手さぐりの仲です今です日向ぼこ

手相見て雪ひとひらの重さかな

肉まんにみんな手が出てちゃんちゃんこ

春隣ひたいにグラス当ててみる

寒月や豆腐の水を流しをり

寒の雨インコが言葉まねてくる
日向ぼこ見知らぬ人があたたかい

蛍光灯黒ずんでいる神無月

冬の蝶撃たれ粉々なる真昼

風花を摑まんとする空は青
冬の星原初の音の聴こえくる

冬夕焼大なわとびで入ろうか

枇杷の花歩き煙草の夕まぐれ

葱さげて歩くわたしのテーマ曲
ちるさくら恋もおばけもみんな散れ

早春の信号待ちに空がある

早春や両手で受ける金平糖

鏡面のとっぷり暮れてヒヤシンス

草色の靴下選ぶ遅日かな

煙草吸うみたいにストロー春の宵

春雷の音遠かりしコッペパン

鉛筆を削る速さで春暮れる

夕方がゆっくりとある春の雨

雪解けのおろろんおろろんオルゴール

摘み草や指の太くて短くて

雪柳心の中の嵐かな

春空やだんご虫になる練習

明け方の空の色して犬ふぐり
お日様の匂いがしてる犬ふぐり

触覚

泉湧いて小さな歌をうたってる
番茶より挑発的な麦茶かな

百日紅するりと紅くなりにけり

ストローの袋さびしき天の川

向日葵や錆びた階段駆け下りて

青岬遠くに火を見る男かな

眼底に見ゆる火昏く青鬼灯

遠花火におい袋の紐ゆれて

なめくじのような夫にちょっと塩
綿菓子のように溶けゆく祭かな

夏祭あとからあとからついてくる
サルビアや若い素足とすれちがう

学生のみな生意気な扇子かな

学食はフレンチ黒鯛さくらんぼ

自転車のスピードゆるめ夏燕

リクルートスーツで見つけた蟬の殻

稲光砥ぎ石にぶく光りをり
野分くるジーンズの穴さびしげに

九月尽モンロー微笑ふコーヒー店

九月尽若い女の革手帳

九月尽向う岸から手をふる恋

木犀や星降ったあと雨のあと

ポケットに踏み絵しのばす秋の昼

生御魂心の音符飛ばしてる

人生を転がるあらら とろろ汁

赤子抱くピカソの女馬肥ゆる

オムライスぽろぽろこぼす無月かな

スプーンに顔映しをる無月かな

ぎんなんの落ちてみんなでモンキッキ

青蜜柑見合い相手に手渡され

ちらちらと銀杏になって踊るのよ

ワンピース風に踊る子ヒロシマ忌

さつまいもの天ぷら食べて家族かな

海がめの産卵近き天の川

秋澄むや廊下に錆びた画鋲落つ

音消して見ているテレビ秋の雨

短日や埃っぽくて無口なり

壁叩くパントマイムや冬の月

絵はがきが壁いっぱいに南窓
師走きて齧られてゆくせんべい

大根をおろす力のリズムかな

初鏡背後の山の明るくて

白菜のようでありたし月水金

冬薔薇の夕暮れどきの明るさよ

まなざしの透きとおってゆく冬木立

雪催小さなガラスのサンタかな

初鏡いつもとちょっと違う顔

大寒やホームにひとつ靴のあと

冬空や街は彷徨うためにあり

ボケてなほ一発かます実千両

スカートふわり双六あがりけり

囀や洗濯ばさみは五色なり

ちるさくらあめ玉なめてやり過ごす

抱きしめてテレビいっぱいの花田かな

新刊の手ざわり四月の本屋かな

クローバー踏みしめて立つ少女かな

机見てふと指も見て花の冷え
春の山布で包んでプレゼント

ジーンズの布目をなぞる春の雪

春の風邪シャープペンシル芯を折る

春の風邪夏目漱石読んでみる

時は四月ボートレースの彼を見る

子雀の群れ落つ光クロッカス

昨晩も踊り明かしたヒヤシンス

アネモネの呪文のように咲いてをり

新しき人と歩いてリラの花

花篝消えにしあとにいる小鬼

指先の塩気も舐めて桜餅

待春やボタンをはずしメロンパン

木琴のリズムの雨に春思う

春夕焼け百年ぶりの恋かしら
春風に乗って最初の手紙くる

春の草皆やわらかき旋毛かな

蒲公英の綿毛吹くようにプロポーズ

下草に春のラッパの音がする

春愁い熱き紅茶のラム酒かな

蝿の子や目標はよく遊ぶこと

手のなかに月捕まえる鳩が鳴く

少年に口づけをして紫陽花

ゆりかごの寝息のリズム緑雨かな

さくらんぼ添えて恋愛パスタぞな

拳闘を見ての帰りの薄暑かな

六月の石ころの顔眺めてる

雑巾を固くしぼって薄暑かな

五月病かもと短き手紙くる

百日紅中島みゆきしゃがんでる

花石榴宮沢りえの血の蒼き

心太橋爪功の箸すべる

五月闇アリバイのない夕べかな

きれいなからだ紺に隠して夏の宵

雨蛙いとやわらかきハートかな

鍵ふたつ分け合うときの柿若葉

コスモスをがばりと抱いて宇宙かな

団栗や本の世界に落ちにけり

オレンジの糸くず贈ろう蓑虫に
秋深しメンソレータムの男の子

晩秋に拾っているのは白い角
コスモスよ小さき人の約束よ

トンネルに入ってオレンジ色の月
トンネルに叫んでみれば秋の風

成分の気化し始める秋の主婦
ススキ原さらさらさらさら発光す

名月やもちは喰ったかお月さん
すすき原銀星人の舞い降りて

ストーブの湯の沸く音で眠りをり

重ね着の有袋類のごときわれ

葱一本水で洗いしときさびし

寝静まり砂丘に雪を待っている

無音だと気づく深夜の雪明かり

柚子湯してポカポカしてたらあら脱皮

しぼられた弓のごとくに冬深し

女子駅伝四十七位の冬菫

春満月小さくたたんだ神籤かな

春の宵扉が閉じたり開いたり

行く春をほたりほたりと歩くかな

行く春の膝小僧をなでている

行く春の大きな皿にひびひとつ

ヒヤシンス女王陛下は昼寝中

チューリップはしゃぎすぎたる日曜日

紙粘土雛の目鼻は姉に似て

落ちしとき情念の音赤つばき

節々がどうもこそばい土筆かな

舌出して春の空気をチロリする
春の闇粘土でできた夫婦かな

冬の蝶

窓開けて風の音聴く修司の忌

夏の朝伸びをしている樹木希林

空の箱たくさん展げ緑の日

五月晴れみんなで口をすすぐ朝

新茶汲む手のふくよかな女かな

五月闇かくれんぼして声残る

彼の国の人の思想だ薔薇が咲く

夏の月腋の下白く発光す

大股で歩いて来たる薄暑かな

日盛りやひたいの上に鬼がいる

五月雨静かな午後となりました
豆ごはん食べてむくむく雲になる

放浪の民に憧れ夏柳

ふくよかな体に懐く夏の蝶

衣更照れくさいので笑ってる
秋の日の少し眠たいガラス瓶

ぼくは空の子になった今朝の秋

色鳥や母と娘でジャムを煮る

みすゞさんみみず鳴いたよ星出たよ

栗はぜた怒ったんだよ笑ったよ

水の秋遠くの見える待ち合わせ

このシャンプー月の匂いがするそうな

天の川食用蛙ぼうと鳴く

秋の雨降り込められて小石になる

今日もそう何でもない日猫じゃらし
団栗の中はぬくたい部屋だった

紙せっけん溶けて消えゆく秋の水

十月の電車に座る影法師

パチンコのフィーバーかかる十三夜
秋の街ひと皆透けて交差点

秋の繭ショートヘアーの大きな目

寝ちがえてちがえたままにそぞろ寒

霜月やお玉がひとつ見当たらぬ
ポケットに松ぼっくりを確かめて

凍滝や山はゆっくり動いてる
触覚がびんびん立つよ冬の空

鰤大根目玉が五つあら不思議

冬晴れのような生活つづけてく

背中から羽根生えてきた日向ぼこ

初雪や動物園に素顔

鯛焼の神さまのいる尻尾かな

うつらうつら電車のなかの水仙花

初夢は明け方に来た大わらじ

湯に心ほとびれてゆく一葉忌

缶切りがごろりと三っつ暮れの春

あなたの心に生まれてきました春の土

陽炎やきな臭きことと考える

春陰のちょっとゆがんだカレーパン

落とし角これが私の住所です
白木蓮はちきれそうな裸体かな

小躍りすエープリル・フールの赤い靴

風光るコップの底の世界かな

鉛筆の線の太くて一年生

春愁やざわめく夜のココアかな

噛みくだくこんぺい糖や春の虹

近頃はいひひと笑ふ春うらら

引越しの台車に座り葱坊主

春深しペコちゃんポコちゃんうすぼこり

おとなりは蓬のような転校生
飛び込み台ポーズとってるチューリップ

鑑賞文

ふたつの後書き

南村　健治

森さんは俳句を特に好きではなかった、ということを後書きで知った。でも、俳句を選んだ。ボクの教室に熱心に通った。そして、表現することの素晴らしさ、自分が解放されることの素晴らしさを実感した。

麦こがしあしたはあしたの手のにおい
同じ日に生まれた人と冷奴
しめじ飯炊けて今宵は月夜かな
日向ぼこ見知らぬ人があたたかい
葱さげて歩くわたしのテーマ曲
草色の靴下選ぶ遅日かな

第一章の「膝小僧」にある句を挙げた。
最初の句には一日が終わった後の充足感がうまく出ている。「手のにおい」は昨日と、今日と、明日と、そして次の日もそれぞれ違うという。ある日は麦こがしの匂いだったり、あるときは魚の匂いだったり。二句目は同じ日に生まれた人と「冷奴」を食べる。そんな共通点がお互いを和ませる。「しめじ飯」の句。名月を眺めながら皆で美味しそうに食べているのかな。とても贅沢な夕餉だ。

四句目。「見知らぬ人」という言い方にその人とのわずかな距離を感じるが、他人への眼差しが優しく、自分もまたほっこりしているのだろう。「葱さげて」の句はテーマ曲を口ずさみながらの買い物帰り。実に快活で心身が前を向いている。六句目はゆっくりと暮れてゆく春の夕。過ぎゆく時間を惜しむように、草色の靴下を選ぶ。それは季節の移ろいを微妙に感じているからこそ。ともあれ、これらの句は日々の暮らしのなかのちょっとした出来事を素直に受け止めて、その時々の心境をうまく伝えている。

遠花火におい袋の紐ゆれて
綿菓子のように溶けゆく祭かな

サルビアや若い素足とすれちがう
スプーンに顔映しをる無月かな
アネモネの呪文のように咲いてをり

第二章の「触覚」からはすこしくぐもった気配の句を挙げた。

一句目の「におい袋」は傍らにいる人のだろう。ふつうに接しているのなら、「紐」に気を取られることはない。遠くで瞬く花火が傍らにいる人との距離感、疎外感を思わせる。「綿菓子」の句もまた、呆気なく溶けていく綿菓子にかつての祭りの様子を重ねて、寂しさというよりもう少し濃い遺失感を漂わせている。三句目。瑞々しい「若い素足」からは時代のギャップと併せて、若さへの羨望といくばくかの嫉妬心か。四句目はスプーンに顔を映すという無為な行為。それは軽く云えば無聊、大げさに云えば孤独。「無月」がそれを象徴している。お終いの「アネモネ」は花そのものより「アネモネ」と云う語感が心に引っ掛かったのかもしれない。特異な感受といいえる。

第三章の「手のなかに月捕まえる鳩が鳴く」からはこの一句。

きれいなからだ紺に隠して夏の宵

「紺」は浴衣だろう。「夏の宵」から容易に連想できる。では「きれいなからだ」とは……対極として「よごれたからだ」を置いてみると、「きれいなからだ」だからこそ「隠す」、他と距離を置く。そんな複雑な心模様がうかがえないか。

ところで、この句集には後書きが二つ用意されていた。ひとつはここに載せられているが、もうひとつの後書きはボクの手元にあって、そこにはこんなことが書かれてある。例えば……

「とんがったものが好き。とんがった考えをする人が好き。でも、ときどき疲れて、一気に逆行して、群れの中に混じって消えていたくなるんだ。ふつうの人のおしゃれをして、ふつうの人の笑い方をして。それでちょっとホッとする。私もふつうだってホッとする……で、またとんがった心の世界に戻っていくんだ……その往復が私の俳句の表現だと思う。」

と、ナイーブな心情が綴られているが、だからこそ難しい。ことに、「とんがった心の世界に戻っていくんだ……その往復が私の俳句の表現だと思う」と言う箇所。それを前提にそれぞれの章から以下の句を挙げた。

サイダーのこぼれし胸に火を感ず
炎昼やすれちがいゆく深海魚
冬の蝶撃たれ粉々なる真昼
鏡面のとっぷり暮れてヒヤシンス
ストローの袋さびしき天の川

晩秋に拾っているのは白い角
夏の月腋の下白く発光す
秋の日の少し眠たいガラス瓶
秋の雨降り込められて小石になる

巻頭にも置かれた「サイダー」の句は恋の予感か、転じて憎しみの予兆か。こぼれたサイダーの一瞬の泡立ちが感情の急転を表しているようだ。二句目、三句目は幻視の世界。街ゆく人が深海魚に見えたり、撃たれた蝶は白い花弁のように粉々に散る。なんだか頭がくらくらしてきた。四句目は「鏡面」に普段にない異変を感じ、五句目の「ストロー」の句も同じ表情。ヒヤシンスや天の川が沈みがちな気分に優しく美しく寄り添ってくる。六句目の「白い角」は得体のしれない怖さと美しさを感じるし、七句目の「発光す」は心身の異変、強い自意識の表れか。なんだか危うい。八句目の特異な擬人化。そして、九句目の「小石になる」は他の者を拒絶している気配。これらの句はいずれも日々の暮らしからかなり逸脱した森さんの「とんがった心の世界」なのだろう。

その「とんがった心の世界」は第一章の「膝小僧」や第二章の「触覚」などでとりあげた日々の暮らしのなかのちょっとした出来事、森さんの云う「ふつうの人のおしゃれをして、ふつうの人の笑い方をして。それでちょっとホッとする。私もふつうだってホッとする」ことを保証する世界なのだ。

冒頭で紹介した「自分が解放されることの素晴らしさ」とは「とんがった心の世界」を俳句にすることで、森さんは煩雑な日常の屈託からの解放を企てているのだろう。往復を繰り返しながら。

ところで、

鯛焼の神さまのいる尻尾かな

初夢は明け方に来た大わらじ
春空やだんご虫になる練習

これらの句はどうだろう。この力の抜け加減。鯛焼きの尻尾に神さまがいる。ふつうは餡だろっ、と突っ込みをいれたくなるし、尻尾の餡の量で鯛焼きの値打ちや売れ加減も違うはず。しかし「神さま」がいると惚けてみせる。「初夢」は云わずと知れた、一富士、二鷹……。ここでは意表をついて「大わらじ」が登場する。なんでや、と思いながら意表をつかれたため想像が広がる。卑俗なわらじがとても神々しい。その年の厄を払ってくれそうだ。

そして句集のタイトルとなった「だんご虫」。森さんは「春空」のもとで「だんご虫」になる練習をするという。どうやるのだろう。ころころと転がるのかな。その可笑しげな光景は読む者に親しみをもたらさないか。これらの三句も『だんご虫』の傑作。「とんがった心の世界」なんてどこかへ吹っ飛んでしまっている。日常の屈託などどこ吹く風。こういう無防備というか抗いのない句は硬直しがちな心身をほぐし、根っこから自身を解放してくれるはず。新しい自分というより意外な自分との出会い。そこに俳句作りの本望がある。

お終いに文中では触れなかったけれど、それぞれの章の秀句も挙げておこう。

「膝小僧」

表札の少し曲がって昼寝かな
秋立つや草に濡れつつ土手をゆく
椅子ひとつ日を浴びていて秋の地球
粕汁や赤子のような欠伸出て
手のひらに小さな鏡冬木立
寒月や豆腐の水を流しをり

「触覚」

泉湧いて小さな歌をうたってる
なめくじのような夫にちょっと塩
人生を転がるあらゝとろろ汁
さつまいもの天ぷら食べて家族かな
スカートふわり双六あがりけり
机見てふと指も見て花の冷え
昨晩も踊り明かしたヒヤシンス
新しき人と歩いてリラの花
蒲公英の綿毛吹くようにプロポーズ

「手のなかに月捕まえる鳩が鳴く」
雑巾を固くしぼって薄暑かな
鍵ふたつ分け合うときの柿若葉
ストーブの湯の沸く音で眠りをり

柚子湯してポカポカしてたらあら脱皮
春の闇粘土でできた夫婦かな

「冬の蝶」

五月晴れみんなで口をすすぐ朝
ふくよかな体に懐く夏の蝶
衣更照れくさいので笑ってる
水の秋遠くの見える待ち合わせ
このシャンプー月の匂いがするそうな
霜月やお玉がひとつ見当たらぬ
初雪や動物園に素顔
おとなりは蓬のような転校生

あとがき

南村先生の俳句教室に偶然たどりついたのが、
二〇〇七年の夏。
三〇代から、とにかく創作がしたくって、いろいろな
習い事をした。なかなか自分に合うものが見つからなくって、
つらい時期だった。
俳句を特に好きというのではなかったけれど、
教室の魅力の虜になった。
どんなに小さくっても（短くってもか）、表現することはすばらしい。

何がすばらしいって、自分が解放されるから。

この場をお借りして、教室の俳句仲間たち、青磁社の吉川康さん、装幀家の濱崎実幸さんに心から感謝を申し上げます。
南村先生、先生に俳句を教わることができて、本当に幸運でした。
これからの、ちからにしてゆきます。ありがとうございました。

森　有子

二〇一五年　三月

著者略歴

森　有子　（もり・ゆうこ）

1969年生まれ。

京都市在住。

2007年から俳句をはじめる。

句集　だんご虫

初版発行日　二〇一五年五月一日

著　者　森　有子

定　価　一五〇〇円

発行者　永田　淳

発行所　青磁社

京都市北区上賀茂豊田町四〇—一（〒六〇三—八〇四五）

電話　〇七五—七〇五—二八三八

振替　〇〇九四〇—二—一二四二一四

http://www3.osk.3web.ne.jp/~seijisya/

印　刷　創栄図書印刷

製　本　新生製本

ISBN978-4-86198-304-7 C0092 ¥1500E